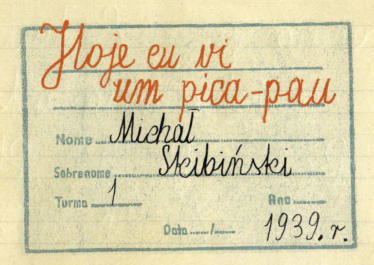

ilustrações Ala Bankroft
tradução Gabriel Borowski

baião

Naquela época, eu tinha oito anos.

Durante as férias de verão,

escrevi uma frase por dia no meu caderno.

Alguma coisa que aconteceu comigo.

Era uma tarefa da escola,

uma condição para passar de ano.

Esse caderno estava guardado até hoje.

17/07/1939

Chegou uma menina na hospedagem onde estou ficando.

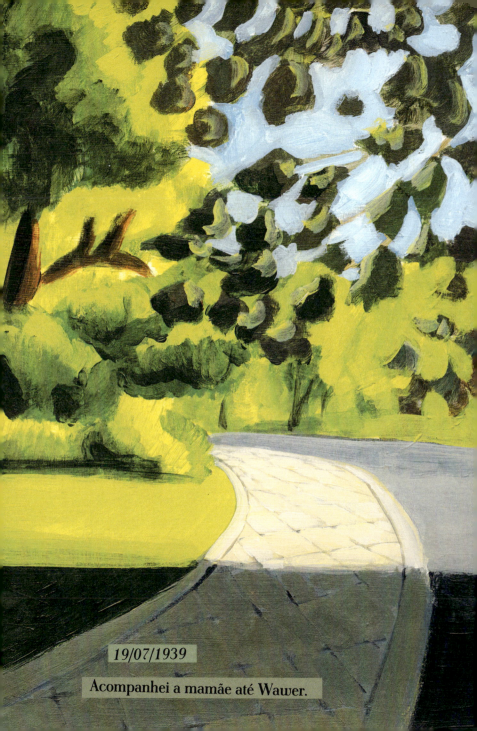

23/07/1939

Achei uma lagarta grande e levei ela para o nosso quintal.

15. III. 1939.

Byłem z bratem i z wycho-
wawczynią nad potokiem.

16. III. 1939

Byłem w kościele.

17. III. 1939.

Do tego pensjonatu w
którym mieszkam przyje-
chała mała dziewczynka.

15/07/1939
Fui com meu irmão
e a professora até
a beira do riacho.

16/07/1939
Fui na igreja.

17/07/1939
Chegou uma menina
na hospedagem onde
estou ficando.

18. 7. 1939 r.
Byłem z kolegą w lesie.
19. 7. 1939 r.
Odprowadzałem mamusie do Wawra.
20. 7. 1939 r
Wysłałem zyczenia imieninowe dla kuzynki
21. 7. 1939 r
Byłem z babcią na spacerze

18/07/1939
Fui na floresta
com um amigo.

19/07/1939
Acompanhei a mamãe
até Wawer.

20/07/1939
Mandei um cartão-postal
para minha prima.

21/07/1939
Fui passear com a vovó.

22. 7 1939 r

Byłem w kasynie na lodach

23. 7 1939 r

Znalazłem dużą liszkę i
zaniłem do swego ogródka.

24. 7 1939 r

Bawiłem się w piasku i
budowałem z pia niego
most.

22/07/1939
Tomei sorvete no cassino.

23/07/1939
Achei uma lagarta grande
e levei ela para o nosso
quintal.

24/07/1939
Brinquei de construir
uma ponte de areia.

25. 7 1939 r

Była straszna burza.

26. 7 1939. r

Nad Kninem krążył
samolot.

27. 7. 1939

Byłem samochodem n
wycieczce.

25/07/1939
Caiu uma tempestade
horrível.

26/07/1939
Um avião circulou sobre
a cidade de Anin.

27/07/1939
Fui passear de carro.

28.7.1939.

Widziałem pięknego

dzięcioła.

29.7.1939

W Aninie zyasła elektry

czność.

30.7.1939 r

Nad Aninem leciał balon

28/07/1939
Hoje eu vi um pica-pau.

29/07/1939
Acabou a luz.

30/07/1939
Um balão voou sobre
a cidade.

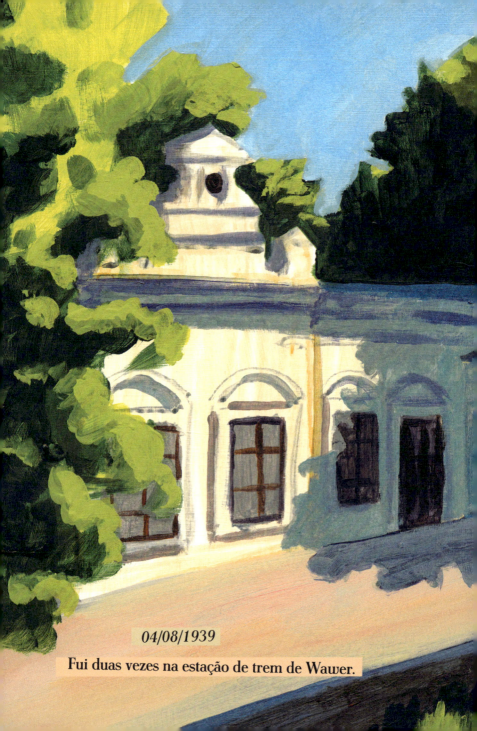

31. 7. 1939. r.

Nad Animem samolot na
ciągał szybowca.

1. 8. 1939. r

Przyjechała do mnie bu
cia.

2. 8. 1939. r

Czekam na przyjazd
mamusi.

31/07/1939
Um avião rebocou
um planador.

01/08/1939
Vovó veio me ver.

02/08/1939
Estou esperando
a mamãe chegar.

3.8.1939. r.

Byłem na stacji Anin.

4.8.1939. r

Byłem 2 razy na stacji

Wawer.

5.8.1939. r

Przyjechał do mnie dzia

dziuś.

03/08/1939
Fui na estação de trem
de Anin.

04/08/1939
Fui duas vezes na estação
de trem de Wawer.

05/08/1939
Vovô veio me ver.

08/08/1939

A governanta veio.

09/08/1939

Duas tempestades caíram sobre a cidade.

6. 8. 1939 r.

Pojechałem antem do Mi=
łosnej.

7. 8. 1939. r.

Złapałem osę do szklan
ki.

8. 8. 1939. r.

Przyjechała do mnie gosposia

06/08/1939
Fui de carro para Miłosna,
uma cidade vizinha.

07/08/1939
Capturei uma vespa com
um copo.

08/08/1939
A governanta veio.

9. 8. 1939. r

Nad Animem przeszły
2 burze.

10. 8. 1939. r

Oglądałem bajkę. o 3
świnkach.

11. 8. 1939. r

Byłem z tatusiem na
wesołym spacerze.

09/08/1939
Duas tempestades caíram
sobre a cidade.

10/08/1939
Assisti um desenho
dos três porquinhos.

11/08/1939
Fiz um passeio divertido
com o papai.

15/08/1939
Cheguei em Varsóvia.

18/08/1939

Joguei bola.

12.8.1939. r.

zachorował mój Brat.

13.8.1939. r.

Byłem z dziadziusiem na

spacerze.

14.8.1939. r.

Bawiłem się w lotto

15.8.1939. r.

Przyjechałem do Warsza

wy.

16. 8. 1939. r.

Z Anina przywiozłem 2

kwiatki.

17. 8. 1939. r

Byłem z babcią na spa =

cerze.

18. 8. 1939. r.

Bawiłem się piłką nożną.

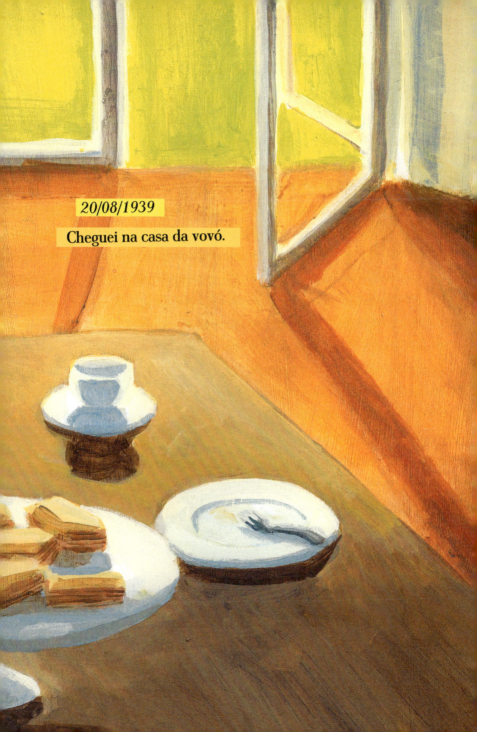

19.8.1939. r.

Pójdę z babcią do Jabłkow
skich.

20.8.1939. r.

Przyjechałem do babci.

21.8.1939. r.

Pracowałem z babcią w
ogródku.

19/08/1939
Fui fazer compras com
a vovó.

20/08/1939
Cheguei na casa da vovó.

21/08/1939
Trabalhei com a vovó
no quintal.

22.8.1939. r.

Byłem u babci i zrobiłem most.

23.8.1939. r.

Byłem w cukierni na lodach.

24.8.1939. r.

Bawiłem się z bratem w ping-ponga.

22/08/1939
Fiz uma ponte na casa da vovó.

23/08/1939
Fui numa doceria tomar sorvete.

24/08/1939
Brinquei de pingue-pongue com meu irmão.

28/08/1939

Reguei o jardim com a mangueira.

29/08/1939

Papai veio me visitar.

25. 8. 1939. r.

Czytałem ładną bajkę.

26. 8. 1939. r.

Byłem w cukierni na lodach.

27. 8. 1939. r.

Byłem w parku Że=romskiega.

25/08/1939
Li um lindo conto de fada.

26/08/1939
Fui numa doceria tomar sorvete.

27/08/1939
Fui no parque Żeromski.

28.8.1939. r.

Podlewałem ogród

z węża.

29.8.1939. r.

Odwiedził mnie tatuś

30.8.1939. r.

Bawiłem się z Mag =

dusią.

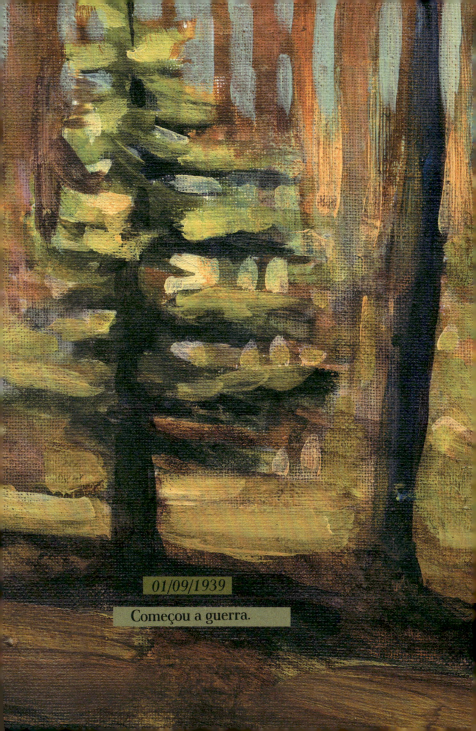

02/09/1939

Fui embora para Milanówek.

03/09/1939

Fiquei me escondendo dos aviões.

31.8.1939. r.

Przyjechała do mnie bona.

W 1.9.1939. r

Rozpoczęta się wojna.

2.9.1939.r.

Przyjechałem do Milanówka.

31/08/1939
A professora veio me ver.

01/09/1939
Começou a guerra.

02/09/1939
Fui embora para Milanówek.

3. 9. 1939. r.

Chowałem się przed
samolotami.

4. 9. 1939. r.

Przyjechali do mnie

ciocia i wujek.

5. 9. 1939. r.

Przyjechał do mnie.

dziadziuś.

03/09/1939
Fiquei me escondendo
dos aviões.

04/09/1939
Titia e titio chegaram.

05/09/1939
Vovô chegou.

06/09/1939
Lançaram uma bomba perto da gente.

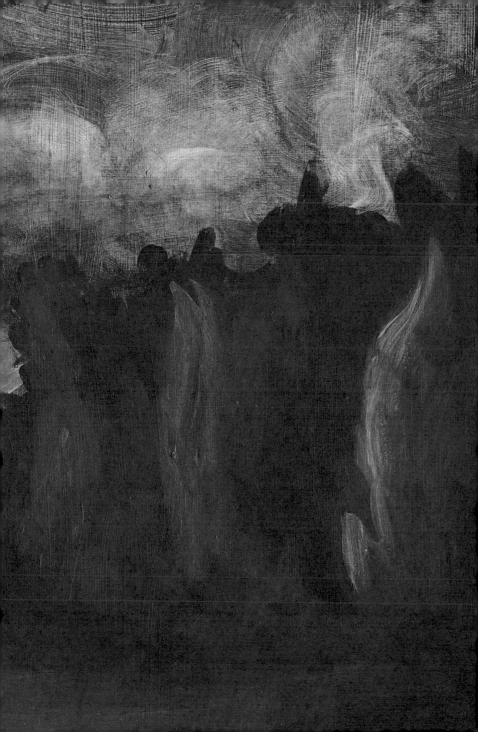

11/09/1939

Ouvimos disparos de canhões.

12/09/1939

Voaram estilhaços sobre nossa casa.

14/09/1939

Varsóvia continua a se defender com valentia.

6.9.1939 r.

Rzucali blisko nas bombę.

7.9.1939 r.

Niemcy zajęli Milanówek.

8.9.1939 r.

Karmiłem kury i kurczęta.

06/09/1939
Lançaram uma bomba
perto da gente.

07/09/1939
Os alemães ocuparam
a cidade.

08/09/1939
Dei comida para as galinhas
e para os pintinhos.

9.9.1939. r

Stale latają samoloty

10.9.1939. r.

Ma być okropny bój

11.9.1939. r.

Słychać strzały armat=

nie

12.9.1939. r.

Że przeleciały nad naszym

09/09/1939
Os aviões não param
de circular.

10/09/1939
Vai acontecer uma
batalha assustadora.

11/09/1939
Ouvimos disparos
de canhões.

12/09/1939
Voaram estilhaços sobre
nossa casa.

domem szrapnele.

13.9.1939. r.

Zaczęli wydawać chleb na
kartki.

14.9.1939. r.

Warszawa się dzielnie
broni

15.9.1939.

Samolot angielski

13/09/1939
O pão começou a
ser racionado.

14/09/1939
Varsóvia continua a se
defender com valentia.

15/09/1939
Um avião inglês lançou
três bombas sobre
o exército alemão.

zrucił 3 baby na woj-
sko niemieckie.
12. 16. 9. 1939. r.
17. 9. 1939. r.

Nota da edição

Michał, o autor do caderno que serviu de base para este livro, está vivo até hoje. Em 1939, ele vivia com os pais e o irmão mais novo no bairro de Mokotów, em Varsóvia. Naquele ano, junto com o irmão, passou as férias de verão primeiro em uma hospedagem em Anin — sob os cuidados de uma professora, que depois foi substituída pela avó — e depois na casa dos avós, uma mansão com jardim no bairro varsoviano de Żoliborz.

Depois da eclosão da guerra, o avô levou os dois meninos para a casa do bisavô deles na cidade de Milanówek, onde seguiram sob os cuidados da avó. Em todos esses lugares, o pequeno Michał, então com oito anos, escrevia diariamente uma frase em seu caderno, e suas anotações foram incluídas neste livro de duas formas: sobrepostas às ilustrações de Ala Bankroft, criadas para esta obra, e nas reproduções do caderno original. É possível observar erros de grafia no fac-símile, que não foram reproduzidos no texto editado.

A frase de 29 de agosto marca o último encontro do autor com o pai. Ele era um aviador, comandante de um esquadrão de bombardeiros. Morreu em 9 de setembro em uma catástrofe aérea.

A última frase do caderno, "um avião inglês lançou três bombas sobre o exército alemão", que não é acompanhada de ilustração, parece reproduzir rumores que circulavam na época, mas não corresponde à verdade histórica. Ela exprime, porém, o estado de ânimo de muitas pessoas na Polônia que acreditavam na ajuda por parte dos ingleses.

© texto, Marcin Skibiński, 2019
© ilustrações, Ala Bankroft, 2019
Publicado originalmente em 2019 com o título *Widziałem pięknego dzięcioła*, pela Wydawnictwo Dwie Siostry, Varsóvia.

Todos os direitos desta edição reservados à Todavia.

Grafia atualizada segundo o Acordo Ortográfico da Língua Portuguesa de 1990, que entrou em vigor no Brasil em 2009.

edição — Mell Brites
assistência editorial — Laís Varizi
revisão — Ana Alvares, Huendel Viana
produção gráfica — Aline Valli
projeto gráfico original — Ewa Stiasny, Wydawnictwo Dwie Siostry
adaptação do projeto original — Nathalia Navarro
indicação editorial — Flávia Bomfim

Dados internacionais de Catalogação na Publicação (CIP)

Skibiński, Michał (1930-)
Hoje eu vi um pica-pau / Michał Skibiński ;
ilustrações Ala Bankroft ; tradução Gabriel Borowski. —
1. ed. — São Paulo: Baião, 2024.

Título original: Widziałem pięknego dzięcioła
ISBN 978-65-85773-49-2

1. Literatura infantil. 2. Segunda Guerra Mundial.
I. Bankroft, Ala. II. Borowski, Gabriel. III. Título.

CDD 028.5

Índice para catálogo sistemático:
1. Literatura infantil 028.5

Bruna Heller — Bibliotecária — CRB-10/2348

Este livro foi publicado com o apoio de © Poland Translation Program.

fonte —Antykwa Poltawskiego
papel — offset 120 g/m²
impressão — Ipsis

baião

Rua Luís Anhaia, 44
05433-020 São Paulo SP
t. 55 11 3094 0500
www.baiaolivros.com.br